Ervy 6 mars 1893.

V

VILLE D'ERVY (Aube)

VENTE AUX ENCHÈRES PUBLIQUES

PAR SUITE DE DÉPART

DES

OBJETS D'ART ANCIENS

COLLECTIONS DE M. ***

COMPRENANT

TAPISSERIES, MEUBLES, FAÏENCES
PORCELAINES, CURIOSITÉS
ARMES, VITRAUX, VERRERIE

TABLEAUX ANCIENS

PARMI LESQUELS

DEUX ŒUVRES CAPITALES DE François SNEYDERS

FIGURES PAR J. JORDAENS

Dont la vente aura lieu

A ERVY, Boulevard des Grands-Fossés,
Le Lundi 6 mars et jours suivants, à deux heures précises.

Me PLIVARD
Commissaire-Priseur
134, rue Thiers, à Troyes,
et à Ervy (Aube).

Me GANDOUIN
Expert
31, rue des Saints-Pères, à Paris
et Hôtel des Courriers, à Troyes,
et à Ervy (Aube).

CHEZ LESQUELS SE DISTRIBUE LE CATALOGUE

EXPOSITIONS PUBLIQUES
Les 4 et 5 mars 1893, de 10 heures du matin à 6 h. du soir.

Un train spécial et direct partira de Troyes pour ERVY,
à *MIDI 50*, tous les jours de la Vente.

Paris. — May & Motteroz, Lib.-Imp. réunies
7, rue Saint-Benoît

VILLE D'ERVY (Aube)

VENTE AUX ENCHÈRES PUBLIQUES

PAR SUITE DE DÉPART

DES

OBJETS D'ART ANCIENS

COLLECTIONS DE M. ***

COMPRENANT

TAPISSERIES, MEUBLES, FAÏENCES
PORCELAINES, CURIOSITÉS
ARMES, VITRAUX, VERRERIE

TABLEAUX ANCIENS

PARMI LESQUELS

DEUX ŒUVRES CAPITALES DE François SNEYDERS

FIGURES PAR J. JORDAENS

Dont la vente aura lieu

A ERVY, Boulevard des Grands-Fossés,

Le Lundi 6 mars et jours suivants, à deux heures précises.

Me PLIVARD
Commissaire-Priseur
134, rue Thiers, à Troyes,
et à Ervy (Aube).

Me GANDOUIN
Expert
31, rue des Saints-Pères, à Paris
et Hôtel des Courriers, à Troyes,
et à Ervy (Aube).

CHEZ LESQUELS SE DISTRIBUE LE CATALOGUE

EXPOSITIONS PUBLIQUES

Les 4 et 5 mars 1893, de 10 heures du matin à 6 h. du soir.

Voir l'ordre de la vente au catalogue.

ORDRE DES VACATIONS

1er JOUR. — FAÏENCES ET PORCELAINES, VERRERIE.

2e — FAÏENCES ET PORCELAINES, VERRERIE, OBJETS DE VITRINE, CURIOSITÉS, TABLEAUX.

3e — LIVRES, ARMES, MEUBLES, TABLEAUX.

4e — Le reste des tableaux, LES DEUX SNEYDERS, MEUBLES, VITRAUX, TAPISSERIES.

CONDITIONS DE LA VENTE

Elle aura lieu au comptant.

Les acquéreurs payeront 10 0/0 en sus du prix d'adjudication, applicables aux frais.

L'expert chargé de la vente se réserve la faculté de réunir ou diviser les lots. — Il recevra les commissions des personnes qui ne pourraient y assister.

L'ordre numérique ne sera suivi à aucune vacation.

En cas de contestations sur une enchère, l'objet sera remis immédiatement en vente.

Les tares et défauts des objets étant annoncés lors de la mise en vente, il ne sera admis aucune réclamation après l'adjudication.

LE CATALOGUE SE DISTRIBUE :

AMIENS.	Chez M. Ducatelle, commissaire-priseur.
AMSTERDAM.	— M. Goudstikker, 49, Kalverstrat.
ARRAS.	— M. Cossiau, antiquaire, rue des Trois-Faucilles.
AUXERRE.	— M. Courtet, antiquaire.
BEAUVAIS.	— M. Delafosse, antiquaire.
DIJON.	— M. Charron, antiquaire, 12, rue de la Liberté.
LILLE.	— M. Carlier, 7, rue Esquermoise.
NANCY.	— MM. Lévy et Hemmerdinger, 55, rue des Dominicains.
PARIS.	— M. Gandouin, expert, 31, rue des Saints-Pères.
REIMS.	— M. Mouginot, antiquaire.
ROUEN.	— M. Gouy, rue Beauvoisine.
TONNERRE.	— M. Stire, antiquaire.
TROYES.	— M. Plivard, commissaire-priseur, 134, rue Thiers.
VERSAILLES.	— M. Leroy, 8, place Hoche.

DÉSIGNATION

TAPISSERIES ANCIENNES

1. — Jolie **Tapisserie** des fabriques d'Aubusson. Verdure à huit petits personnages, représentant l'Offrande du bouquet, en **costumes** Louis XV, composition dans le goût de J.-B. Huet, entourée de bordures à fleurs.

2. — *Autre* de même fabrique, composition d'après J.-B. Leprince, représentant la Diseuse de bonne aventure, sans bordures.

3. — Fabrique d'Aubusson. Verdure avec oiseaux.

4. — Fabrique d'Aubusson. Verdure avec oiseaux. Deux.

5. — Fabrique d'Aubusson. Verdure avec oiseaux. Quatre.

6. — Fabrique de Lille. Petit **panneau** sans bordures, trois personnages d'après Téniers.

7. — Sous ce numéro, quantité de bordures anciennes diverses, sièges et dossiers en tapisserie au point (époque Louis XIV). — Morceaux de verdure diverse. Ce lot sera divisé.

MEUBLES ANCIENS

8. — **Table** du XVIe siècle, forme dite à éventail, en noyer sculpté, ornée à ses extrémités de rinceaux têtes chimériques, figures de Bacchus et de Cérès.

9. — **Coffre** du XVIe siècle, chêne sculpté, ornée de panneaux fleurdelisés et d'une figure de saint Louis. Serrure en fer ouvré.

10. — **Coffre** du XVe siècle, chêne sculpté, panneaux gothique fleuri, dont plusieurs armoriés, daté 1483. — Serrure en fer ouvré.

11. — **Crédence** du XVIe siècle, en noyer sculpté, de très beau style, les portes ornées de mufles de lions et d'arabesques, ainsi que les tiroirs, les montants ornés de cariatides d'un très beau caractère.

12. — Grand et beau **Fauteuil** de l'époque de la Régence, en noyer sculpté, richement décoré, très bel art français, recouvert en tapisserie à l'aiguille.

13. — **Cheminée** en chêne sculpté, à masques d'enfants et guirlandes de fruits (époque Louis XIII).

14. — **Fauteuil** de l'époque Louis XIV, en noyer sculpté, dos couvert, garni de tapisserie au petit point. Personnages de la Comédie italienne et fleurs.

15. — *Autre* de même époque et forme, recouvert de même. Sujet allégorique.

16. — *Autre* de même époque et forme, tapisseries : sujets, femmes dessinant.

17. — **Fauteuil** de même époque, noyer sculpté, bois, couvert. Tapisserie au petit point, pavots et fleurs diverses.

18. — *Autre* de même époque, noyer sculpté, bois couvert, tapisserie au petit point, fond jaune. Fleurs et grenades.

19. — **Fauteuil** de l'époque Louis XIII, noyer sculpté, dos couvert. Tapisserie au petit point, arabesques sur fond noir.

20. — *Autre* de même époque et forme, recouvert de même.

21. — *Autre* de même époque et forme, recouvert de même.

22. — **Fauteuil** de l'époque Louis XIII, en noyer tors, à bras terminés par des lions couchés, recouvert en tapisserie au point.

23. — **Fauteuil** de même époque, bois tors. Tapisserie pareille au précédent numéro.

24. — **Chaise** de même époque et garniture.

25. — **Chaise** de l'époque Louis XIII, noyer tors, tapisserie au point de l'époque Louis XIV. Musicien jouant du basson.

26. — **Tabouret** de même époque. Tapisserie au point.

27. — **Tabouret** de même époque. Tapisserie au point.

28. — **Bureau** de l'époque Louis XIV, en bois d'ébène, avec marqueterie de cuivre gravé, contre-partie, le dessus bordé d'une moulure de cuivre.

29. — Petite **Armoire** de l'époque Louis XIII, noyer sculpté, la porte ornée d'arabesques, surmontée d'un fronton et de deux vases.

30. — Petite **Table**-console en noyer tourné, époque Louis XIII.

31. — **Meuble** à deux corps, en chêne sculpté, style Louis XIII flamand, la partie supérieure vitrée.

32. — *Autre* analogue au précédent.

33. — **Écran** de l'époque Louis XIV, bois sculpté à double face, peint et doré, feuille en tapisserie à l'aiguille; au centre, Mme de Maintenon.

34. — **Tabouret** en noyer de l'époque Louis XIV, à pieds balustres carrés sculptés.

35. — **Meuble** en chêne sculpté, à deux corps, style Louis XIII flamand, la partie supérieure vitrée.

36. — Très belle **Crédence** du XVIe siècle, en noyer sculpté d'après Ducerceau, les portes ornées d'entrelacs et de masques féminins, les plinthes ornées de dessins incrustés de stuc. Très bel art français de l'époque Henri II.

37. — **Table** en noyer, époque Louis XIII, pieds tors.

38. — Très belle **Vitrine** de l'époque Louis XV, à forme contournée, marqueterie de bois rose et bois de violette. — Hauteur : 2m,20.

39. — **Table** à jeu d'encoignure, époque Louis XVI, marqueterie de bois de couleur.

40. — **Coffre** en chêne sculpté, style gothique fleuri.

41. — **Table** de salle à manger, chêne sculpté, style Louis XIII, avec allonges pour 24 couverts.

42. — Douze **Chaises** cannées du même style.

43. — Deux **Consoles** appliques, à têtes d'ange, chêne sculpté, époque Louis XIV.

44. — *Autres*, chêne sculpté, style Renaissance.

45. — Deux **Consoles** appliques, style Louis XIV, à volute renversée.

46. — **Glace** de l'époque Louis XIII, cadre ébène, avec appliques en cuivre repoussé doré, surmontée d'un beau fronton.

47. — Grande et belle **Pendule** de l'époque Louis XIV, forme violon, en marqueterie de cuivre et d'écaille de Boulle, ornée de bronzes, ciselée et dorée.

48. — **Bureau** plat de l'époque Louis XV, forme contournée, en bois rose et bois de violette, orné de bronzes ciselés et dorés, le dessus entouré d'une moulure de cuivre doré et d'écoinçons.

49. — **Meuble** de l'époque Louis XV, à portes pleines, bois rose, marqueterie de fleurs en bois de couleur et bois debout.

50. — **Coffre** et son piétement de l'époque Louis XIII. Ce coffre, en bois de loupe de noyer, est orné de cuivres repoussés et dorés.

51. — **Console** de l'époque Louis XVI, bois sculpté doré, ornée de guirlandes de fleurs et feuillages.

52. — Petite **Console** de même époque, bois sculpté doré, ornée de guirlandes de feuillages.

53. — Petit **Cabinet** en bois de teck, orné d'incrustations de nacre vive gravée. Travail tonkinois.

54. — **Guéridon** de l'époque Louis XVI, en acajou, à quatre pieds carrés cannelés, ornés de bronzes ciselés et dorés. Les pieds reliés en X, portent au milieu un vase orné de bronzes; la ceinture est à quatre tiroirs s'ouvrant à secret; le dessus, entouré d'une galerie de cuivre, glisse en tournant sur son pivot et découvre des tiroirs à secrets garnis en soie bleue. Meuble fort curieux et très rare.

55. — Petite **Table** à ouvrage de l'époque Louis XVI, en marqueterie de bois rose et fleurs, ornée de bronzes dorés.

56. — **Coffret** du XVIe siècle, travail vénitien, marqueterie d'os et de bois de couleur, couvercle à pans coupés.

57. — **Mobilier** de salon de l'époque Louis XVI, composé de : canapé, forme gondole et de quatre fauteuils à pieds cannelés, recouverts en tapisserie au point.

58. — Deux très beaux **Fauteuils** de l'époque Louis XVI, bois sculpté, peint gris, à piastres et achantes recouverts en tapisserie au point, fleurs de lis.

59. — Six beaux **Fauteuils** de l'époque Louis XVI, bois sculpté, peints gris, à piastres et pieds cannelés, recouverts en tapisserie à l'aiguille.

60. — Deux **Chaises** de même époque et ornementation.

61. — **Fauteuil** de l'époque Louis XVI.

62. — **Chaise** de même époque, dossier ovale.

63. — Trois **Fauteuils** de l'époque Louis XV, bois sculpté ciré, ornements dorés recouverts en tapisserie au point de même époque.

64. — Paire de **Candélabres** à cinq lumières, potiches, ancienne porcelaine du Japon et montures en bronze doré, bouquets de lis.

65. — Paire d'**Appliques** à deux lumières de l'époque Louis XVI, bronze ciselé, doré, modèle à culot suspendu par un ruban.

66. — Paire de petits **Flambeaux** assortis, style Louis XV.

67. — Paire de **Chenets** de l'époque Louis XVI, modèle à vases, ornés de guirlandes de feuillages, bronze doré, fers anciens.

68. — **Lustre** de l'époque Louis XVI, monture en bronze doré, orné de cristaux taillés de Bohême, fleurettes et boules.

69. — Paire d'**Appliques** de même époque à trois lumières, ornées de cristaux de Bohême, monture en bronze doré.

70. — **Surtout** de trois pièces, époque du premier Empire, très belle monture en bronze ciselé et doré.

71. — **Boîte** à jeu en vernis Martin vert.

72. — **Lustre** de l'époque Louis XVI, monture en bronze doré, orné de pendeloques, plaquettes et boule en cristaux de Bohême taillé.

73. — **Lustre** hollandais à huit lumières, surmonté d'une couronne fermée; au-dessous, récipient à sept branches et cuvette. Travail flamand du XVIIe siècle.

74. — **Table** de l'époque Louis XIII, en noyer, à pieds tors.

75. — **Meuble** bahut en chêne sculpté, les portes ornées de bas-reliefs, les montants de mufles de lions, art flamand (époque Louis XIII).

76. — Petite **Armoire** en noyer, la porte ornée d'un panneau sculpté à ogives du XVe siècle, et serrure ouvrée en fer.

77. — **Meuble** crédence à deux portes, de l'époque Louis XIII, orné d'entrelacs et surmonté d'un fronton.

78. — Petite **Torchère** ronde, à pied tors, en noyer, époque Louis XIII.

79. — *Autre* analogue à la précédente.

80. — **Console** formant bureau à moulures, époque Louis XV. Dessus de marbre.

81. — Grand **Coffre** du XVIe siècle, en noyer sculpté, panneaux à portiques.

82. — **Meuble** bahut du XVIe siècle, en noyer sculpté, à cinq portes sculptées.

83. — **Meuble** formant crédence, en noyer sculpté, à une porte, ornée d'entrelacs et de profils de femme.

84. — **Rouet** de l'époque Louis XV et petite **Table** de même époque, peints noir.

85. — Six **Escabeaux** sculptés en noyer, dossiers à têtes chimériques.

86. — **Fauteuil** en noyer sculpté, époque Louis XV, canné

87. — Petit **Bureau** à cylindre, époque Louis XVI, marqueterie de bois rose et bois de couleur.

88. — Petite **Commode** de l'époque Louis XV, forme contournée, bois rose et de violette, ornée de bronze doré, chutes à têtes de femme.

89. — Petit **Lit** pour une personne, bois sculpté, à rais de cœur, colonnes balustres détachées, cannelées, époque Louis XVI.

90. — **Table** de nuit, époque Louis XVI, à étagère, garnie de marbre.

91. — **Glace** de l'époque Louis XIV, cadre bois sculpté doré, à fronton.

92. — Petit **Cartel** porte-montre, époque Louis XV, bois sculpté doré.

93. — Belle **Commode** de l'époque de la Régence, forme dite tombeau, ornée de poignées entrées, sabots et chutes à têtes de femme, en bronze ciselé doré.

94. — **Étagère** à trois plateaux, colonnettes torses, époque Louis XIV.

95. — **Secrétaire** de l'époque Louis XVI, bois rose, marqueterie à damiers ; sur l'abattant, médaillon ovale avec trophée d'attributs de musique.

96. — Petit **Miroir**, époque Louis XIII, cadre en noyer, à fronton, orné de cuivres repoussés dorés.

97. — **Pendule** à accrocher, avec son socle en vernis Martin jaune marbré, avec sujets de chasse, ornée de bronzes ciselés dorés. Mouvement signé : Picart Reims.

98. — **Canapé** époque Louis XIV, noyer sculpté.

99. — Deux **Chaises** noyer tourné, époque Louis XIII.

100. — **Chaise** de l'époque Louis XIII.

101. — **Table** en noyer sculpté, époque Louis XIV.

102. — **Cabinet** en ébène, avec son piétement, époque Louis XIII.

103. — **Coffret** en noyer, époque Louis XIV, garni d'écoinçons et d'ornements en argent ouvré ciselé de la même époque.

104. — **Coffret** en noyer, orné de cuivres repoussés dorés, époque Louis XIV.

105. — **Coffret** analogue au précédent, laqué.

106. — **Coffret** en noyer sculpté, système byzantin.

107. — Petite **Table** de dame à trois tiroirs, bois laqué noir ornée de bronzes ciselés dorés, époque Louis XV.

108. **Chasublier.** Très grand et beau meuble du XVIe siècle, en chêne sculpté, forme crédence, à deux rangs de portes à la partie supérieure ; elles sont ornées chacune de dix panneaux encastrés représentant des bustes de saints ; les meneaux qui séparent les portes sont ornés de fleurs de lis et d'hermines. Meuble de haute curiosité et d'une rareté insigne.

Hauteur : 2 mètres. Longueur : 1^{m},55.

109. — **Table** de toilette, époque Louis XVI, forme dite Marie-Antoinette, en marqueterie de bois rose et bois de couleur, bouquets de fleurs et trophées de musique.

110. — **Commode** à trois rangs de tiroirs, époque Louis XIV, bois de violette et bois rose, ornée de bronzes ciselés et dorés, angles ornés de cannelures en cuivre.

111. — **Coffret** carré en marqueterie de bois rose, époque Louis XVI.

112. — Petit **Cabinet** en ébène, époque Louis XIII.

113. — Petit **Coffret** à pelote, époque Louis XIV, noyer garni de cuivre repoussé doré.

114. — Grand **Cabinet** en bois rose, à filets d'ébène, époque Louis XIII, la partie inférieure à portes pleines.

115. — **Prie-Dieu** en chêne sculpté, époque Louis XIV.

116. — **Lit** de l'époque Louis XIV, à demi-colonnes sculptées, parties peintes et dorées.

117. — Petit **Meuble** forme crédence, avec panneau sculpté du XVIe siècle.

118. — **Bénitier** de l'époque Louis XV, bois sculpté doré, forme rocaille, très beau style.

119. — Six **Chaises** de style Louis XIII, bois découpé, recouvertes en cuir hollandais Louis XIV, doré et peint.

120. — Très jolie petite **Console** de l'époque Louis XVI, en bois sculpté doré, avec guirlandes de fleurs.

121. — **Commode**, époque Louis XVI, marqueterie de bois rose et de bois de couleur.

122. — Très jolie **Étagère** de l'époque Louis XVI, en marqueterie de bois rose et de bois de couleur, la partie inférieure formant armoire.

123. — **Commode** bureau à abattant de l'époque Louis XVI, en marqueterie de bois rose et de couleur. — Curieux meuble de forme demi-lune, à tiroirs, portes s'ouvrant sur les côtés et surmonté d'un bureau s'ouvrant et de tiroirs de chaque côté.

124. — **Lit** de l'époque Louis XVI, bois sculpté, peint gris, avec baldaquin de même époque.

125. — **Table** de nuit en bois rose et de couleur, époque Louis XVI.

126. — **Pendule** de style Louis XVI, bronze ciselé doré (Amour frappant un tambour).

127. — Petite **Glace** de l'époque Louis XVI, cadre bois sculpté doré.

128. — **Buste** en bois sculpté doré, grandeur nature, demi-relief. Tête de vieillard (époque Louis XIV).

129. — Petite **Commode** époque Louis XVI, bois rose et de couleur.

130. — **Table** de nuit même époque, marqueterie de bois rose et de couleur.

131. — **Lit** de l'époque Louis XIII, à colonnes torses, la tête et le pied du lit à colonnettes et arceaux à têtes d'anges, chêne sculpté.

132. — **Lit** de l'époque du Directoire, bois sculpté et peint.

133. — Paire de **Chenets** en bronze, époque Louis XVI, modèle de vase orné de guirlandes de feuillages.

134. — **Commode** époque Louis XVI, à quatre tiroirs, acajou cannelé de cuivre.

135. — **Guéridon** Empire.

136. — **Commode** Empire.

137. — Cadre de **Glace** Louis XVI, à trumeau orné d'un vase, guirlandes de feuillages.

138. — **Console** Louis XVI.

139. — **Armoire** époque Louis XV.

140. — Grande et belle **Bergère** de l'époque de la Régence, bois sculpté, recouverte en velours vert d'Utrecht.

141. — **Bergère** de l'époque Louis XV, bois sculpté, forme contournée.

142. — **Meuble** breton, chêne sculpté, partie supérieure à portes ornées de colonnettes tournées.

143. — **Cabinet** formant secrétaire, en bois de ronce de noyer, supporté par un piétement à colonnettes torses.

144. — Trois **Chaises** à hauts dossiers, époque Louis XIII, recouvertes en tapisserie au petit point.

145. — Deux **Tabourets** analogues de même époque.

146. — Quatre **Banquettes** époque Louis XVI, bois sculpté, peint gris, pieds cannelés.

147. — **Bois** sculpté du XVIe siècle. Figure de saint évêque provenant de l'extrémité d'une poutre. — Polychromée, et buste d'évêque.

148. — **Canapé** de l'époque Louis XIV, bois sculpté, recouvert en velours rouge.

149. — Deux **Fauteuils** de l'époque Louis XV, bois sculpté, recouverts en velours et tapisserie.

150. — Deux **Escabeaux**, bois de noyer sculpté, avec parties du XVIe siècle.

151. — Grand **Fauteuil**, bois de noyer, époque Louis XIII.

152. — **Toilette** de l'époque Louis XVI, forme dite Marie-Antoinette, marqueterie de bois rose et de couleur.

153. — **Fauteuil** époque Louis XIV, noyer sculpté, dossier couvert.

154. — Trois **Fauteuils** époque Louis XVI, bois sculpté, peints gris, recouverts en cretonne.

155. — **Lit** de l'époque du Directoire, bois sculpté peint.

156. — Deux **Bidets** de l'époque Louis XV, en noyer, avec cuvette en faïence de Rouen, décor bleu.

157. — Jolie **Commode** de l'époque Louis XV, marqueterie de bois rose et damiers de forme contournée, ornée d'entrées, poignées, chutes et sabots en bronze ciselé doré.

158. — **Encrier** de l'époque Louis XV, plateau en bois laqué, arbre en bronze doré orné de fleurs en porcelaine de Saxe, personnages en blanc de Chine, ainsi que les trois godets, un personnage recollé.

159. — **Fauteuil** de l'époque Louis XIII, noyer recouvert en tapisserie à l'aiguille.

160. — Galerie de **Foyer** en bronze (époque de l'Empire).

161. — **Bureau** à cylindre de l'époque Louis XVI, marqueterie de bois rose et bois de couleur.

162. — **Commode** demi-lune, époque Louis XVI, marqueterie de bois rose et de couleur.

163. — **Pendule** religieuse de l'époque Louis XIII, ébène écaille.

164. — Très grand **Meuble** secrétaire formant au-dessus armoire et à la partie inférieure commode, travail de l'époque Louis XVI. Marqueterie de bois rose et bois de couleur.

165. — Petite **Commode** demi-lune, en bois rose et de couleur (époque Louis XVI).

166. — **Table** de toilette de l'époque Louis XVI, forme dite Marie-Antoinette, marqueterie de bois rose et de couleur avec garniture intérieure, flacons pots à pommade en porcelaine ancienne et accessoires.

167. — **Commode** de l'époque Louis XVI, marqueterie de bois rose et de couleur.

168. — **Table** de nuit de l'époque Louis XVI, marqueterie de bois rose et bois de couleur.

169. — **Lit** de milieu en bois sculpté, peint gris (époque Louis XVI), avec garniture en cretonne.

170. — **Pendule** de l'époque Louis XVI, marbre blanc et bronze doré; modèle à portique supporté par quatre colonnes cannelées, ornées de frises, guirlandes et vases en bronze ciselé, doré.

171. — Petite **Commode** de l'époque Louis XVI, marqueterie de bois rose, garnie de bronzes ciselés dorés.

172. — Grande **Table** de bouillotte en marqueterie de bois rose et de couleur, absolument rare de cette dimension. Repliée, elle forme demi-lune. Diamètre, 1m,50.

173. — **Canapé** époque Louis XV, bois sculpté canné.

174. — Deux **Fauteuils** de mêmes époque et travail.

175. — **Fauteuil** époque Louis XIV.

176. — Sous ce numéro, divers meubles anciens, panneaux en bois sculpté des xve, xvie et xviie siècles.

177 à 180. — Diverses paires de **Flambeaux** des époques Louis XIV, Louis XV et Louis XVI, en bronze doré, argenté et plaqué. — Deux lanternes d'antichambre de l'époque Louis XVI, cuivres divers, fontaines, bassinoires et cafetière.

FAIENCES ET PORCELAINES ANCIENNES

181. — Nevers. Grand **Plat** rond, décor bleu. Au centre, très beau sujet d'après Tempesta, représentant une chasse à l'urus; le marli est chargé de bouquets de feuillages et fleurs, avec trois réserves ornées de paysages et chasse. Au sommet, armoiries de la famille de Chamoy. Très beau plat en très bel état de conservation et de la première période de la fabrication de cette célèbre fabrique.

Diamètre, $0^m,55$.

182. — Nevers. Gourde **Applique** formée d'un masque d'homme, avec décor manganèse jaune et vert. Objet fort curieux de la première période de cette fabrication.

183. — Nevers. **Vierge** tenant l'enfant. Statuette polychrome fêlée.

184. — Nevers. **Jardinière** ovale, à anses torses, décor bleu, paysage et personnages chinois, fêlures.

185. — Nevers. Petite **Potiche** ovoïde, décor bleu, paysage et personnages chinois.

186. — Nevers. **Vierge** tenant l'enfant. Statuette polychrome.

187. — Nevers. Paire de **Bouquetières**, forme commode. Joli décor polychrome.

188. — Nevers. Autre paire de **Bouquetières** analogues aux précédentes.

189. — Rouen. Très beau **Plat** ovale, bord contourné, décor à la pagode, oiseaux, insectes et fleurs. Très bel émail, très belle qualité.

190. — Rouen. Deux **Cache-pots**, décor polychrome à la corne, fleurs et oiseaux. Belle qualité.

191. — Lunéville. Paire de **Lions** couchés, décor polychrome (l'un d'eux a l'émail réparé). Belle qualité.

192. — Rouen. Petit **Vase** à anses verticales torses, décor bleu.

193. — *Autre* de même époque, analogue au précédent.

194. — Marseille. **Verrière**, décor polychrome, fleurs et tulipes, bord bleu (époque Louis XV).

195. — Strasbourg. **Verrière**, décor polychrome, bouquets de fleurs, bord extérieur rose.

196. — Strasbourg. Paire de **Verrières**, décor polychome à personnages chinois.

197. — Rouen. Grande et belle **Soupière** ronde, beau décor polychrome à la corne, très bel émail, vasque fêlée, signée P. P.

198. — Rouen. **Soupière** ovale et son plat, décor polychrome à la corne, signée P. P.

199. — Rouen. **Grand broc** à cidre, décor bleu et vert, bouquets de fleurs.

200. — Rouen. Petit **Pichet**, décor bleu, paysage.

201. — Rouen. **Fontaine** à accrocher, décor polychrome, réparée.

202. — Rouen. Grosse **Gourde**, avec inscription bleue. « A ma charmante bouteille, c'est toi qui me réveille. »

203. — Nevers. **Plat** ovale, décor bleu, paysage, bergers et troupeaux (époque Louis XIV).

204. — Nevers. Deux **Assiettes** à bords festonnés, décor bleu. Au centre, fleurs et arabesques. Marli richement décoré (époque Louis XIV).

205. — Nevers. Deux *autres* analogues aux précédentes.

206. — Samadet. **Soupière** ovale, décor vert et manganèse (époque Louis XVI).

207. — Strasbourg. **Soupière** ovale, beau décor polychrome, fleurs et tulipes.

208. — Strasbourg. **Soupière** ovale, décor polychrome; personnages chinois.

209. — Strasbourg. *Autre* à bouquets de fleurs.

210. — Marseille. **Soupière** et **Plat** de l'époque Louis XV, très joli décor polychrome, plat rattaché, manque le couvercle.

211. — Strasbourg. **Soupière** ovale et son plat, décor polychrome, bouquet de fleurs.

212. — Strasbourg. **Soupière** ovale, décor fleurs.

213. — Delft. Deux **Plaques** rectangulaires, décor bleu, cadre manganèse, représentant saint Jean et un pâturage.

214. — Rouen. Grand **Plat** ovale, décor polychrome (époque de Guillibaud).

215. — Rouen. **Plat** rectangulaire, angles tronqués, décor bleu (époque Louis XIV).

216. — Samadet. Grand **Plat** ovale, décor au manganèse.

216 *bis*. — Perse. **Tasse** et **Soucoupe**, décor polychrome, très bel émail et qualité.

217. — Rouen. **Fontaine** et vasque, décor polychrome. Vasque (fêlée).

218. — Rouen. **Fontaine** couverte et sa vasque, décor polychrome.

219. — Delft. **Plat**, décor bleu, paysage (fêlé).

220. — Delft. **Plat**, décor bleu, de goût chinois.

221. — Delft. **Assiettes** de goût chinois.

222. — Rouen. Deux **Compotiers**, bords contournés, beau décor polychrome dit à la tulipe.

223. — Deux grandes **Assiettes**, décor polychrome, fleurs, Marli quadrillé vert, avec fleurettes, façon de Guillebaud.

224. — **Plat** analogue au numéro précédent (fêlé).

225. — Paire de **Bouquetières** à accrocher, à pans coupés, décor polychrome (bel émail).

226. — Nevers. **Assiette**, décor bleu, de goût chinois, au centre, paysages et personnages.

227. — Lunéville. Deux **Assiettes**, décor au manganèse, bouquets de fleurs.

228. — Delft. **Plat**, décor vert à réserves ornées de fleurs, polychrome (fêlé).

229. — Sicile. **Plat** rond, décor polychrome.

230. — Brienne. **Vasque** de fontaine formant demi-corbeille, avec draperie en relief, décor bleu et jaune.

231. — Rouen. Deux **Bouquetières** à accrocher, à pans coupés, décor bleu et rouille (belle qualité).

232. — Marseille. **Compotier**, très beau décor polychrome, exécuté dans la manière de Savy (fêlé).

233. — Marseille. **Assiette** à bord feuille, décor polychrome, fleurs.

234. — Nevers. **Assiette** patriotique ; les trois ordres avec légende : *tres in uno vis unita fortior*, 1790.

235. — Strasbourg. **Assiette** aux trois ordres, avec légende : *Vive la nation !*

236. — Rouen. Paire de petits **Lions** assis, décor bleu, jaune, vert.

237. — Rouen. Petit **Lion** assis, la patte droite appuyée sur un écusson, décor bleu.

238. — Nevers. Très belle et grosse **Pomme** à perruque ronde, à pans coupés, décor bleu; paysages et personnages chinois (très belle qualité).

239. — Rouen. **Aiguière**, décor bleu, sans le bec, masque en relief et armoiries d'un abbé (fêlé).

240. — Rouen. **Aiguière** plus petite que la précédente, décor bleu.

241. — Aprey. **Sucrier** avec sa cuillère, très beau décor polychrome, oiseaux (très belle qualité).

242. — Marseille. **Porte-burettes** (huilier), beau décor polychrome, fleurs; burettes en verre taillé (époque Louis XIV).

243. — Sceaux. *Autre* de très belle forme (époque Louis XVI), décoré d'or.

244. — Marseille. **Sucrier** rond, couvert; très joli décor polychrome, fleurs.

245. — Sceaux. **Écuelle** couverte et son plateau forme rocaille, décoré d'or.

246. — Marseille. **Pot-Pourri**. Vase près d'un tronc d'arbre sur lequel est perché un oiseau ; beau décor polychrome, couvercle rattaché.

247. — Marseille. **Tulipe** sur terrasse triangulaire. Coquetier ? décor polychrome (égrené à l'orifice).

248. — Aprey. Petit **Pot** à crème avec plateau fixe, décor polychrome (égrené à l'orifice).

249. — Nevers. **Assiette** patronymique, décor polychome. Saint Paul, M. de La Loge, marchand de vin (1757).

249 *bis*. — Nevers. Quatre **Vases** de pharmacie, décor bleu.

250. — Nevers. **Assiette** patronymique. Saint Pierre (1763). Pierre Garnier.

250 *bis.* — Nevers. **Poêle** brasero, décor marbré.

251. — Rouen. Paire de **Bouquetières**, décor polychrome.

252. — Sarreguemines. Petit **Pot** à lait, couvert, forme tonnelet, décor polychrome.

253. — Delft. Grosse **Potiche** couverte, décor bleu.

254. — Nevers. **Pichet.** Garde française à cheval sur un tonneau; au chapeau, une cocarde tricolore.

255. — Nevers. **Pichet.** Homme assis sur un tonneau, décor polychrome. Signé : P., sc.

256. — Nevers. **Pichet.** Homme à cheval sur un tonneau, en chapeau à haute forme, habit vert.

257. — Nevers. **Gourde.** Tonnelet, émail soufflé violet.

258. — Deruta. Paire de petits **Cornets**, décor polychrome, dit queue de paon.

259. — Nevers. Petit **Vase** forme Médicis, décor bleu, avec guirlandes polychromes.

260. — Delft. **Cornet** à ornements en relief, décor bleu, oiseaux, goût chinois. (Marque à la Hache.)

260 *bis.* — Delft. **Sucrier** à saupoudrer, beau décor bleu, très belle qualité.

261. — Rouen. Grand **Plat** ovale; au centre, deux duellistes, décor polychrome (époque de 1792).

262. — Rouen. **Plat** ovale, décor polychrome. Marli à fond quadrillé vert (époque de Guillebaud).

263. — Rouen. Deux **Plats** ovales, décor polychrome; au centre bouquet de fleurs, marli à quadrillé vert.

263 *bis.* — Rouen. **Pot** à l'eau et cuvette octogone, décor polychrome.

264. — Rouen. Grand **Plat**, décor bleu (époque Louis XIV); au centre, rosace, zone à arabesques et fleurs. Marli à motifs de rinceaux et rosaces alternées.

Diamètre : 0m,53.

264 *bis*. — Rouen. **Plat** octogone, vase de pharmacie, petite potiche.

265. — Rouen. **Surtout** à six lobes, décor bleu semé de bouquets et marli à lambrequins. Signé : P. K.

265 *bis*. — Picardie et Nevers. Trois **Cache-Pots**.

266. — Monte-Lupo. **Coupe** gaufrée, décor polychrome d'arabesque; au centre, tête d'homme.

267. — Rouen. **Plat**, décor polychrome dit à la double corne (fêlé). Signé : J. B.

268. — Rouen. **Plat** ovale, même décor que le précédent. Signé : P. P.

268 *bis*. — Rouen. Cinq **Encriers**.

269. — Nevers. **Plat**, décor bleu, sujet, chasse au lion, belle qualité (fêlé) (1re période).

Diamètre : 0m,45.

270. — Delft. **Plat**, décor polychrome dit de modèles. Signé : A. R.

271. — Delft. Deux **Plats**, décor bleu, oiseaux, haie, fleurs; goût chinois. Signé : I. V.

272. — Moustiers. Quatre **Plats** ovales, bords contournés, décor jaune, fleurs et arabesques.

273. — Nevers. **Plat** ovale gaufré à reliefs. Au centre, belle armoirie polychrome.

273 *bis*. — Nevers. **Pot à l'eau** et cuvette ovale.

274. — Italie. **Plat**, décor polychrome, fleurs et oiseaux.

275. — Delft. **Plat**, décor polychrome, fleurs et oiseaux.

276. — Delft. **Plat**, décor polychrome dit au tonnerre.

277. — Marseille. Petit **Plat** ovale, décor polychrome, fleurs.

278. — Saint-Omer. **Plat** ovale, décor polychrome, fleurs.

279. — Delft. **Bénitier** avec figures d'anges en relief, décor bleu, dont le monogramme du Christ.

280. — Strasbourg. **Plat** ovale, décor polychrome, fleurs.

281. — Strasbourg. **Plat** ovale, décor polychrome, fleurs.

282. — Strasbourg. **Plat** ovale, décor polychrome, fleurs.

283. — Rouen. **Plat** octogone, décor bleu et rouille.

284. — Marseille. Paire de petites **Jardinières** carrées, décor polychrome, fleurs, très beau décor, belle qualité.

285. — Strasbourg. Paire de **Cache-Pots** à gros gaudrons, décor polychrome, fleurs, belle qualité.

286. — Strasbourg. **Cache-Pot**, décor polychrome, fleurs, signé sur une anse Dumon.

287. — Rouen. Grand **Plat** rond, décor bleu.

287 *bis*. — Rouen. Partie inférieure d'un **Sucrier** à saupoudrer, décor bleu très fin (époque Louis XIV).

288. — Rouen. **Bain de pieds** ou jardinière, décor bleu, paysage et fleurs.

289. — Rouen. **Plat** rond, décor bleu.

290. — Rouen. **Cuvette** octogone, décor bleu et rouille.

291. — Rouen. **Cache-Pot**, décor polychrome, fleurs.

292. — Palissy (Bernard). **Coupe** ronde ajourée; au centre, drageoir; sur le marli, un lac en relief sur fond quadrillé blanc. Très bel objet émaillé vert, manganèse, jaune et bleu. Très rare.

293. — Palissy (suite de Bernard). **Coupe** ronde échancrée, ornée de six masques entourés d'ornements en relief.

294. — Moustiers. **Assiette**, décor polychrome, rocaille; au centre, trophée militaire.

295. — Rouen. **Compotier**, bord échancré, décor polychrome, fleurs, belle qualité.

296. — Strasbourg. Paire de petites **Bouquetières**, demi-lune, côtelées, décor polychrome, fleurs.

297. — Strasbourg. Deux *Autres*, polychromes, dont une à Chinois.

298. — Rouen. **Bain de pieds**, fond marbré au manganèse, avec réserves décorées, polychrome, fleurs et oiseaux.

299. — Delft. Dix **Assiettes**, décor bleu, haie et oiseau.

300. — Rouen. **Bain de pieds**, décor bleu, paysage, fractures.

301. — Rouen. **Plat**, bord contourné, décor bleu.

302. — Rouen. **Plat**, décor bleu et jaune, orné de quatre fleurs de lis.

303. — Rouen. **Plat** octogone, décor bleu.

304. — Sarreguemines. Deux **Beurriers** couverts, décor bleu.

305. — Rouen. **Plat** oblong, décor polychrome, fleurs.

306. — Strasbourg. **Veilleuse**, décor polychrome, fleurs. Signée J. H. T. 320.

307. — Strasbourg. **Bourdaloue**, décor polychrome, fleurs. Signée P. H. Belle qualité.

308. — Milan. **Saucière**, décor fleurs.

309. — Strasbourg. **Écuelle** couverte et son plateau, décor polychrome, fleurs.

310. — Mayence. **Chope** à bière, décor polychrome, paysage, couvercle en étain.

311. — Nevers. **Bain de pieds,** décor polychrome, paysage.

312. — Delft. Petite **Bouteille**, décor bleu. Chinois.

313. — Moustiers et Nevers. Deux **Huiliers** avec leurs burettes, décor bleu et polychrome.

314. — Brienne. **Lampe**, décor bleu.

315. — Saint-Omer. **Veilleuse**, décor polychrome, fleurs.

316. — Aprey. **Théière** et plateau, décor fleurs en relief polychrome.

317. — Italie. **Chauffe-mains** en forme de livre, décor bleu et jaune.

318. — Aprey. **Écuelle,** décor bleu et rose.

319. — Aprey. Théière. Joli **Décor** polychrome, fleurs.

320. — Strasbourg. Petit **Plat** ovale, décor polychrome, personnage chinois.

321. — Faenza. **Plat** avec deux coquetiers et une salière, décor bleu.

322. — Delft. Neuf **Assiettes**, décor, fleurs polychromes.

323. — Marseille. Petite **Fromagère** ronde, décor de couleur.

324. — Strasbourg. Deux **Écuelles**, décor polychrome, fleurs et personnages chinois.

325. — Strasbourg. **Beurrier**, décor polychrome.

326. — Delft. Grand **Plat,** fond vert à réserves, décors de fleurs polychrome. Signé : I. V. L. (Fêlé.)

327. — Nevers. Deux petits **Bols**, décor bleu.

328. — Nevers. **Assiette,** décor bleu et manganèse, arabesques de goût chinois.

329. — Picardie. Paire de **Bouquetières** à trois ouvertures, décor polychrome.

330. — Rouen. **Assiette**, décor bleu. Au centre, objets mobiliers chinois; sur le marli, arabesques et rosaces.

330 *bis*. — Rouen. **Plat** cache-pot et cache-pot Nevers, fractures.

331. — Strasbourg. **Plat** ovale polychrome. Femme tenant un drapeau.

332. — Fabrique inconnue. **Coquille** époque Louis XV, décor bleu et manganèse. Fêlée.

333. — Nevers. Deux petits **Cache-pots**, décor bleu. Paysage.

334. — Nevers. *Deux autres*, plus grands.

334 *bis*. — Deux **Soupières** et pots de pharmacie.

335. — Strasbourg. Six **Tasses** et **Soucoupes**, décor polychrome, fleurs (2 anses réparées).

336. — Strasbourg. **Bouquetière** à trois ouvertures, décor polychrome, fleurs (réparée).

337. — Rouen. **Moutardier**, décor bleu et rouille, et petit pot à pommade, décor polychrome, guirlande de fleurs.

338. — Fabrique inconnue. Deux **Plats** à barbe, l'un avec démêloir et rasoir, l'autre à décor bleu.

339. — Delft. Deux petites **Potiches**, décor polychrome et bleu.

340. — Strasbourg. Trois **Compotiers**, décor polychrome à fleurs et personnage chinois.

341. — Lucerne. Trois **Plats**, émail brun, décor polychrome.

342. — Rouen. Cinq **Plats** ovales, décor bleu.

343. — Rouen. Deux **Plats** octogones, décor bleu (fêlés).

344. — Rouen. **Plat** octogone, décor bleu, dans le goût de Bérain.

345. — Rouen. **Plat** octogone, décor bleu, dans le goût chinois.

346. — Nevers. **Plat** ovale, à relief, émail stannifère.

347. — Rouen. **Plat** ovale, décor polychrome, dit de Guillebaud.

348. — Moustiers. **Assiette**, décor vert.

349. — Strasbourg. **Jatte** carrée, décor polychrome, fleurs.

350. — Inconnu. **Jatte** carrée, décor bleu, fleurs.

351. — Rouen. Deux **Saucières**, décor polychrome, paysage.

352. — Sinceny? Deux petites **Jardinières** carrées, décor bleu et noir. Signées : M. P.

353. — Strasbourg. Trois **Plats** ovales, décor polychrome, fleurs.

354. — Marseille. Très belle **Assiette**, ornée au centre d'un pavot polychrome.

354 *bis*. — Picardie et *autres*. Douze **Assiettes**.

355. — Nevers. Cinq **Assiettes**, décor polychrome, fleurs et oiseau.

356. — Mathaux. Trois **Assiettes**, décor polychrome, personnages.

357. — Strasbourg. **Pot à l'eau**, décor polychrome, fleurs.

358. — Aprey. Paire de **Vases**, forme Médicis, décor polychrome, oiseaux (très belle qualité).

359. — Nevers. Deux **Saladiers**, décor polychrome, fleurs.

360. — Nevers. **Bénitier** en relief, crucifix et ornements, décor polychrome.

361. — Nevers. Six **Assiettes** polychromes, oiseaux et fleurs.

362. — Strasbourg. **Jatte** et quatre **Assiettes**, décor polychrome, personnages chinois.

363. — Strasbourg. Cinq petits **Plats** polychromes.

364. — Strasbourg. Six **Assiettes**, décors variés.

365. — Strasbourg. Deux **Plats** à fleurs, polychromes.

366. — Saint-Omer. Six pièces. Deux **Plats** ovales, quatre **Assiettes**, décors fleurs.

367. — Nevers. Six **Assiettes** variées.

368. — Nevers. *Six autres.*

369. — Fabriques diverses. Six **Assiettes** décorées.

370. — Delft. **Bol**, décor bleu, paysage et piédouche en faïence de Nevers.

371. — Rouen. Quatre **Vases** de pharmacie, décor bleu.

371 *bis*. — Verrière. **Écuelle**, petit Pot et deux Plats.

372. — Delft. Huit **Assiettes** décor bleu.

373. — Italie. **Vase** à reliefs décorés, polychrome (manque le pied).

374. — Rouen. **Plat**, Assiette et Jatte décor bleu.

375. — Diverses fabriques. Trente **Pièces**, chopes, jardinières, saladiers, cuvette, vases, etc., etc., ce numéro sera vendu par lots.

376. — Diverses fabriques. Sous ce numéro, **Couvercles** de soupières et vases montés avec des chaînes pour en faire des jardinières, vases, cache-pots et plats.

PORCELAINES ANCIENNES

377. — Japon. Paire de **Potiches** couvertes, décor polychrome et or.

378. — Japon. Deux **Plats**, décor polychrome et or, très belle qualité.

379. — Chine. Vingt-quatre **Assiettes** creuses décorées de fleurs polychromes rehaussées d'or.

380. — Paris. Paire de **Vases** décorés or et de guirlandes de fleurs polychromes.

381. — Mennecy? **Beurrier** rond, plateau fixe, décor, bouquets polychromes.

382. — Inde. **Corbeille** et plateau ajourés, décorés vert et or.

383. — Chine. **Plat** rond creux, fleurs et plantes, décor bleu.

384. — Chine. Deux **Bouteilles** à opium, décor bleu. Un pot à tabac, même décor.

385. — Paris. **Théière**, pot à lait, bol, trois soucoupes, décor au barbeau.

386. — A la Reine. **Cafetière** décorée de bouquets polychromes (fêlure).

387. — Worcester. **Cafetière**, joli décor polychrome dans le goût coréen.

388. — Chantilly. Paire de petits **Seaux**, pâte tendre, décor bleu.

389. — Chantilly. Trois **Compotiers**, décor bleu.

390. — Chantilly. Trois **Soucoupes** et deux tasses, décor bleu.

391. — Chantilly. Six **Assiettes**, décor bleu dit à l'œillet, une fêlée.

392. — Saint-Amand. Paire de petits **Vases** en pâte tendre, fond rose, rehauts d'or à réserves ornées d'oiseaux et fleurs, montures en bronze doré de style Louis XV.

393. — Saxe. Deux **Tasses** et soucoupes, décor rouge et or, avec personnages chinois polychromes.

394. — Chine. **Tasse** et soucoupe, famille rose, décor polychrome, personnages.

395. — Chine. **Tasse** et soucoupe, famille rose, décor polychrome rehaussé d'or.

396. — Japon. **Sucrier** couvert, décor polychrome rehaussé d'or.

397. — Saxe. **Caille** couchée, décorée au naturel, fracture.

398. — Mennecy. **Tasse** et soucoupe, décor polychorme, bouquets.

399. — Chine. **Tasse** et soucoupe, décor polychrome dit à la perdrix.

400. — Chine. Deux **Coquilles** à sorbets, décor polychrome, fleurs.

401. — Saxe. **Plateau** rectangulaire, décor polychrome, bouquets, anses fracturées.

402. — Saint-Cloud. **Soucoupe** et pot à pommade couvert, décor bleu, pâte tendre de Trou.

403. — Mennecy. Petit **Pot** à crème couvert, côtelé, décor fleurs.

404. — Niderviller. **Sucrier** et plateau décor dit au barbeau.

405. — Saint-Cloud. Deux **Salières** rondes, côtelées, décor bleu.

406. — La Courtille. **Compotier**, décor fleurs polychromes.

407. — Japon. **Plat** à barbe et deux **Assiettes**, décor polycrome rehaussé d'or.

408. — Chine. **Plat** à barbe et deux **Assiettes**, décor polycrome.

409. — Inde. Deux **Assiettes**, tasse et soucoupe, décor polychrome.

410. — Chine. Deux **Saucières**, deux soucoupes et une tasse.

411. — Chine. **Bol** et sept soucoupes, décor polychrome.

412. — Japon. **Bol** et deux plats fracturés.

413. — Chine. Cornet, boîte à thé, petite potiche et potiche fracturée.

414. — Chine. **Soupière**, décor bleu, et deux assiettes de même décor.

415. — Saxe *et autres*. **Soucoupe**, décor coréen, tasse et soucoupe polychrome, quatre tasses et trois soucoupes variées.

416. — Grès anciens. Onze **Cruches** de diverses tailles, à décor bleu et gravure dans la terre.

417. — Sous ce numéro 31, **Carreaux** en terre vernissée et carreaux de faïence de Nevers, Delft, Rouen et autres.

VERRERIE ANCIENNE

418. — 51 pièces. **Bouteilles**, burettes, pots à eau, flacon, sucriers, plateaux, coupes, verres, gourdes, bénitiers, carafons, verre à tulipes, porte-huiliers, verres gravés, aiguière.

OBJETS DE VITRINE

ET CURIOSITÉS DIVERSES ANCIENNES.

419. — LAUDIN. Émail. **Portrait** de sœur Marguerite du Saint-Sacrement, religieuse carmélite de Beaune, décédée en 1648, cadre en bois sculpté.

420. — LAUDIN. Émail. *Saint François Xavier*, en buste, cadre bois sculpté.

421. — LAUDIN (Jean). Émail. *Saint Charles Borromée*, en buste, cadre de l'époque Louis XIII, garni de cuivres ciselés.

422. — LAUDIN (Jean). Émail. *Saint André*, en buste, cadre analogue au précédent.

423. — NOUHAILLIER. Émail. *Saint Thomas d'Aquin*, vu en buste (réparé).

424. — École française XVIIIe siècle. Émail. **Portrait** de femme, vue à mi-corps, cadre en bronze ciselé.

425. — École russe. Émail. *La Vierge apparaissant à un saint.*

426. — École française XVIIe siècle. **Portrait** d'homme, miniature sur vélin, cadre en argent.

427. — RAOUX. Jeune et jolie **Femme** portant de la main droite un perroquet, cadre en bronze, miniature sur vélin.

428. — Ecole française, Premier Empire. **Portrait** d'une jolie femme, miniature sur ivoire.

429. — Ecole française, Premier Empire. **Portrait** de Mlle Mars, miniature sur ivoire, cadre en cuivre repoussé doré.

430. — École française, Premier Empire. **Portrait** de Talma, miniature sur ivoire, cadre analogue au précédent.

431. — École française. **Jeune fille**, miniature sur ivoire, cadre en cuivre repoussé.

432. — Ecole française. **Portrait** d'un calviniste, miniature sur vélin.

433. — DIETRICH. **Tête** de vieillard, miniature sur ivoire.

434. — École française. **Amour** dessinant, miniature grisaille sur ivoire, cadre bois sculpté.

435. — Ecole française. L'enlèvement d'**Europe**, miniature sur ivoire.

436. — École française. **Tête** de femme coiffée d'un turban, miniature sur ivoire, cavalier turc et tête de vieillard, trois pièces.

437. — MARIELLE. **Portrait** de Blanche Pierson, photographie peinte, cadre en bronze.

438. — Époque Louis XIV. Trois **Boîtes** en écaille et ivoire.

439. — Époque Louis XVI. **Éventail** à feuille peinte à la gouache, représentant la fille de Jephté. Monture en nacre, feuille déchirée.

440. — Époque Louis XIV. Petite **Boîte** en galuchat, avec trois flacons garnis en or.

441. — Époque Louis XIV. Argent. **Boîte** à hosties, avec légende *Sainct Corporeau.*

442. — Époque Louis XIV. Argent. Deux petits **Bas-reliefs**, sujets religieux, cadres en bois sculpté.

443. — Époque Henri III. Argent. **Médaille** et sujets allégoriques sur les guerres de religion, fermoir de livre et reliquaire en filigrane.

444. — Époque Louis XV. Argent. **Médaillon** repoussé, Diane et Nymphes.

445. — Époque Louis XIV. **Médaille** bronze doré. Nativité et Jésus près de la croix. Médaille bronze (Louis XIV.)

446. — Époque Louis XIV. **Bas-relief** cuivre repoussé, Saint Martin, petit bas-relief en fer damasquiné argent, Jeux d'enfants.

447. — Époque Louis XV. Argent. **Tasse** à goûter le vin et une autre en verre.

448. — École russe. Quatre **Plaques** pectorales à sujets religieux.

449. — Époque Louis XIV. Or. Très belle **Montre** à double boîtier, l'extérieur travail repercé, repoussé, avec figures de Vénus et l'Amour, la boîte intérieure ainsi que le coq, de travail repercé et gravé, très bel état de conservation.

450. — Époque Louis XIV. **Montre** en cuivre argenté, ciselé et gravé, beau coq en argent.

451. — Argent. **Bague** coup-de-poing, avec masque diabolique ciselé.

452. — Époque bysantine. **Christ** à émail champlevé, parties dorées (fracturé), et une bossette de harnais du XVIe siècle.

453. — Époque Louis XIV. Bronze. **Râpe** à tabac. Clerc râpant son tabac et un insigne de chasseur saint Hubert dans un corps de chasse.

454. — Fer. **Verrou** de l'époque de Charles VI et un autre du XVIe siècle, doré.

455. — Bronze. Deux **Cuillères** à encens et une fourchette (fracturée) du XVIe siècle.

456. — Bronze antique. **Statuette** de Mercure, extrémité d'un grattoir-Lion.

457. — Bronze. **Croix** de pèlerinage de Notre-Dame-de-Liesse et attribut en bronze doré d'une principauté d'Allemagne.

458. — Bronze. **Statuette** de moine, poignée de cabinet. Entrée de serrure Louis XIII. Cadre émaillé de même époque.

459. — Bronze doré. Six **Poignées** de commode (époque Louis XVI).

460. — Époque Louis XIV. Quatre **Couteaux**, manches en porcelaine de Saint-Cloud.

461. — Époque Louis XVI. **Couteau** à double lame argent et acier mobiles. Manche en nacre gravée, garni argent.

462. — Époque Louis XVI. Trois **Couteaux**, manches en nacre, garnis argent et or.

463. — Époque Louis XVI. **Couteau** à découper, manche en écaille.

464. — Époque Louis XVI. **Manche** de couteau, nacre garnie argent.

465. — Bronze doré argenté. **Coffret** ajouré gravé, avec émail de Genève sur le couvercle.

466. — Fer et bronze. Neuf **Clefs** mérovingiennes et gothiques.

467. — Monnaies. Six **Pièces** en argent, vingt-cinq en bronze, tasse à goûter en buis.

468. — Bronze et cuivre. **Boîte** à poids, boîte en cuivre gravé (époque Louis XIV).

469. — Étain. **Flambeau** de l'époque Louis XIV. Signé Couvreur (1671).

470. — Nacre gravée. **Coquille** de Bethléem. Saint Antoine de Padoue.

471. — Fer. **Coffret** du XVIe siècle, gravé.

472. — Fonte. **Serrure** de l'époque Louis XIV.

473. — Fer ciselé. **Cachet** à triple combinaison, ciselé, gravé et armorié. (XVIIe siècle.)

474. — Époque Louis XIV. Deux **Briquets**, l'un à manche de cuivre gravé, l'autre en bois.

475. — Fer. Deux **Coffrets** du XVIe siècle. Une clochette.

476. — Époque Louis XV. Trois **Cachets** armoriés.

477. — **Lampe** antique en terre cuite, trois encadrements, une applique en argent.

478. — Ivoire du XVe siècle. La **Vierge** tenant l'enfant. Socle en bois sculpté ajouré de même époque. Fort jolie statuette, bel échantillon de l'art français de cette époque. Le socle sur lequel elle est placée est d'une insigne rareté. La tête de l'enfant a été fracturée.

479. — Ivoire. **Vierge**, immaculée Conception. Art espagnol (époque Louis XIV).

480. — Ivoire. **Râpe** à tabac complète représentant Minerve ; masque chimérique et vase de fruits sur la tabatière; amour. Travail dieppois d'une jolie exécution.

481. — Ivoire. Trois petites **Statuettes**. Rois.

482. — Ivoire. **Coffret** du XVIe siècle. Serrure en cuivre ciselé.

483. — Ivoire. **Boîte** ronde à mouches, cercles en or ciselé (époque Louis XVI).

484. — Ivoire. **Tabatière** ajourée. Tabatière en forme de poire, base de socle. Seringue.

485. — Argent. Deux **Salières** gravées (époque du premier Empire).

486. — Ivoire et acier. **Serpe**, lame à armoirie surmontée d'un timbre de chevalier. (Art suisse du XVIe siècle.)

487. — Fer. Quatre **Flambeaux** spiralés.

488. — Fer. Paire **d'Appliques** à une lumière se repliant sur elle-même. (XVIIe siècle.)

ARMES

489. — Fer ciselé ajouré. Époque Louis XV. **Épée** de cour à fond doré. Beau travail français, lame gravée.

490. — Fer ciselé ajouré. Époque Louis XIV. **Épée** de cour, lame gravée.

491. — Bronze ciselé. Époque Louis XV. **Épée**, lame gravée.

492. — Cuivre. Époque Louis XVIII. **Épée**, la garde ornée d'une fleur de lis. Manque le trameau.

493. — Deux lames d'**Épées** et couteau de chasse, avec légende : « Vive le roy ! » Sabre prussien.

494. — Époque Louis XIV. **Pistolet** à deux coups et briquet.

495. — Poignard kabyle. Deux **Navajas** espagnoles.

496. — **Sabre** époque du Consulat, état-major. Poignée et fourreau en cuivre.

497. — **Sabre** de cavalerie.

498. — **Obus** et boîte à mitraille, fouet de chasse, sacs à plombs, poires à poudre.

499. — **Fusil** de chasse Lefaucheux, calibre 16.

500. — **Fusil** à piston, canons superposés. Bernard, à Paris.

501. — **Carabine** à silex.

502. — **Carabine** système Flobert.

503. — **Fusil** Spencer. Boston, 1860.

504. — **Fusil** à deux coups. Baillet, Troyes.

505. — Sous ce numéro, **Piques** de la première République.

506. — **Casque,** hallebardes, fourches, poignards, casque, sommet de grille, trois plats en étain, armoriés, cinq bénitiers en fonte des xv et xvie siècles, dont un avec inscription et daté de 1514. Divers mortiers.

BIBLIOTHÈQUE

Environ 300 volumes, *Dictionnaire de Trevoux*, *Magasin pittoresque*, *Histoire du Consulat et de l'Empire* et autres ouvrages, quantité de romans en brochures.

TABLEAUX

507. — SNEYDERS (François). École flamande (1579-1649). — *Basse-cour attaquée par des buses.* Coqs, poules, canards et autres oiseaux domestiques surpris par des buses, dont une terrasse une poule dont le coq hérissé semble prendre la défense; une poule sous un panier a brisé sa prison ; les canards et autres oiseaux effarouchés fuient ; au fond, un jeune garçon accourt en criant.

Œuvre capitale de cet artiste. La figure du jeune garçon est due à J. Jordaens.

Toile, hauteur : 187 c., largeur : 255 c.

508\. — SNEYDERS (François), École flamande (1579-1649). — *Entrée d'une cuisine.* A la porte d'une cuisine, une table recouverte d'un tapis rouge est chargée de fruits de toute espèce et de gibier à plumes de tout genre ; au premier plan devant la table, un panier de coings, bécasse, chevreuil, botte d'asperges sont jetés à terre. Deux lévriers et un petit épagneul complètent cet arrangement ; au second plan et pendu, un sanglier ouvert ; près de la table, la cuisinière repousse un fauconnier qui veut l'embrasser.

Œuvre capitale de cet artiste ; les figures dues au pinceau de J. Jordaens.

Hauteur : $0^m,190$, largeur : $0^m,248$.

509\. — LAFOSSE (Charles de). — Le *Sommeil de l'Amour*, très jolie gouache avec nombreux personnages, beau cadre en bois sculpté (époque Louis XIV).

510\. — GREUZE (d'après). — Buste de *Jeune fille tenant un oiseau,* beau cadre en bois sculpté.

511\. — DYCK (d'après Antoine Van). — *La Vierge, l'enfant Jésus et anges musiciens*, cadre en bois sculpté.

512\. — CHAMPAGNE (d'après Philippe de). — La *Sainte face*, cadre en bois sculpté.

513\. — École flamande. — *Vieille se chauffant, fumeur;* deux pendants.

514\. — École française. — *Tête de fillette.*

515\. — École française. — *Saint Louis.*

516\. — TOCQUÉ (genre de). — *Portrait de femme.*

517\. — LARGILLIÈRE (école de). — *Portrait de femme*, cadre en bois sculpté.

518\. — SCHEFFER (d'après Ary). — *Chien épagneul.*

519. — FRANCK (Ambroise). — *Sainte Madeleine* au pied de la croix.

520. — OSTADE (attribué à J. Van). — *Musiciens hollandais*, cadre en bois sculpté.

521. — OSTADE (école de J. V.). — *Danse champêtre*, cadre en bois sculpté.

522. — TENIERS (genre de David). — *Fumeur assis à terre*, cadre en bois sculpté.

523. — OSTADE (d'après). — *Intérieur de tabagie*. — Peinture sur porcelaine.

524. — MATON. — *Jeune femme assise chantant accompagnée par un violoniste.*

525. — École flamande. — *Saint Bernard*, cadre bois sculpté.

526. — GREUZE (d'après). — *L'Oiseau mort*, cadre bois sculpté.

527. — BLANCHÈRE (baronne de La). — *L'Offrande à l'Amour*, cadre en bois sculpté.

528. — École française. — *Portrait de Nicolas Vauthier*, maire de Troyes, de 1668 à 1670, dessin aux crayons de couleur, cadre sculpté.

529. — École française. — *Portrait d'homme*, cadre sculpté.

530. — ALBANE (genre de). — *L'Annonciation*, *Jésus et la Samaritaine*, deux pendants, avec beaux cadres en bois sculpté.

531. — Époque Louis XIV, bas-relief en bronze. — *La Nativité*, cadre en bois sculpté.

532. — Époque Louis XIV. — *Sainte Madeleine*, broderie de soie, cadre en bois sculpté.

533. — École française. — *Rendez-vous de chasse*, cadre en bois sculpté.

534. — M. DE VOS (gravure de Sadler, d'après), cadre en bois sculpté.

535 à 539. — École française. — *Cinq Gouaches*, scènes tirées de la mythologie et allégoriques.

540. — École flamande. — *La Vierge et l'enfant*, cadre en bronze doré (époque Louis XIII).

541. — École flamande. — *Tête de femme et tête d'homme*, deux médaillons en cuivre découpé.

542. — École française. — Paysages. *Les Saisons*, quatre pendants.

543. — École française. — *Le Galant Berger*, dessus de porte.

544. — École française. — *Palais aux environs de Rome*, deux dessins aquarellés (époque Louis XVI).

545. — École française. — *La Fleuriste*, gravure (d'après Greuze (cadre sculpté); Pie V, gravure coloriée.

546. — BOUCHER. — *Berger jouant de la flûte*, sanguine.

547. — MIGNARD (d'après Carrache). — Sujet allégorique, beau dessin à la sanguine.

548. — RONDOT (fils). — *La Ville de Troyes se soumettant à Henri IV*, très beau dessin lavé au bistre, exécuté en 1783.

549. — BOUCHER (genre de). — *Bergère*, joli dessin rehaussé.

550. — GREUZE (d'après). — *La Lecture de la Bible*, gravure.

551. — VOUET (genre Simon). — *Armide et Renaud.*

552. — École française. — *Portrait d'homme revêtu d'une cuirasse.*

553. — CHANTREAU. — *Le Ménage de Champagne*, gravure.

554. — Broderie de soie au passé (époque Louis XIV), *Bouquet de fleurs.*

555. — École flamande. — *Vierge et Jésus*, deux pendants.

556. — DE BOISSIEU. — *Les Bulles de savon*, gravure.

557. — WOUVERMANS. — *Halte de chasseurs*, gravure.

558. — École française. — *Enfant et chien, Garde-chasse.*

559. — École française. — *Cardinal Fleury*, gravure.

560. — GREUZE (d'après). — *Tête de jeune fille, Tête de jeune garçon*, pastels.

561. — École française. — *Portrait de femme tenant un carlin.*

562. — RUBENS (d'après). — *Tête de femme.*

563. — CHAMOY (la marquise de). — *Paysage daté* 1777.

564. — École française. — *Portrait d'homme en pied.*

565. — VERNET (d'après C.). — *Départ pour la chasse.*

566. — Ecole française. — *Attributs de musique*, deux dessus de porte ovales, cadres en bois sculpté.

567. — PINGRAY. — *Paysages*, deux dessins sépia rehaussée.

568. — LAJOUE (genre de). — Dessus de porte camaïeu bleu. *Musiciens.*

569. — LANCRET (d'après). — *Danse*, dessus de porte.

570. — LANCRET (d'après). — *Le Tir à l'arc*, dessus de porte.

571. — PATER (d'après). — *Le Baiser rendu*, dessus de porte.

572. — École italienne. — *Combat naval*, dessus de porte.

573. — École française. — *Paysage*, dessus de porte.

574. — École française. — *Amours jouant avec un cygne*, dessus de porte.

575. — Ecole française. — *Berger gardant un troupeau*, dessus de porte.

576. — Ecole française. — *Chasse au sanglier, Port de mer, Paysage*, trois pendants, dessus de porte.

577. — École française. —*Sainte Geneviève*, dessus de porte.

578. — École française. — *Paysage*, dessus de porte.

579. — BOUCHER (école de). — *La Musique, la Peinture et la Sculpture*, deux dessus de porte.

580. — **École flamande.** — *Poissons divers.*

581. — **École flamande.** — *Chien et oiseaux.*

VITRAUX ANCIENS

582. — *Sainte Barbe et plusieurs saints*, xve siècle.

583. — *Saint Joseph et Donatrice*, xvie siècle.

584. — *Saint Michel*, xve siècle.

585. — *Saint Gengoul*, xvie siècle.

586. — *Saint Michel*, xve siècle.

587. — *Descente de croix*, xve siècle.

588. — *Sainte Catherine*, xvie siècle.

589. — *Saint Vincent*, xvie siècle.

590. — *Saint Jean*, xve siècle.

591. — *Saint Pierre*, xve siècle.

592. — *Tête de vieillard*, xve siècle.

593. — *Tête de vieillard*, xve siècle.

594. — *Tête de vieillard*, xve siècle.

595. — *Tête nimbée*, xve siècle.

596. — *Nativité*, XVe siècle.

597. — *Saint Jean* (époque Louis XIII).

598. — *Chérubin*, XVe siècle.

599. — *Chérubin*, XVe siècle.

600. — *Chérubin*, XVe siècle.

601. — *Chérubin*, XVe siècle.

602. — *Saint Gengoul*, XVIe siècle.

603. — *Saint Laurent*, XVIe siècle.

604. — Sous ce numéro, morceaux de bordures de vitraux des XIVe, XVe et XVIe siècles, têtes et morceaux divers.

---

605. — Deux têtes de sangliers, bois de cerf, bois de renne, divers oiseaux empaillés, divers groupes de gibier à poil et à plume.

Après la vente des objets ci-dessus désignés aura lieu la vente de rideaux-tentures, environ quarante matelas et mobilier ordinaire courant.

Paris. — MAY & MOTTEROZ, libr.-impr. réunies, 7, rue Saint-Benoît.

www.ingramcontent.com/pod-product-compliance
Ingram Content Group UK Ltd.
Pitfield, Milton Keynes, MK11 3LW, UK
UKHW032003260826
14628UKWH00005B/2244

9 782329 475028